# 真っ赤な心

田沼 貴裕
Tanuma Takahiro

文芸社

# 目次

ひとりごと　11
愛の詩《うた》　12
誘い　14
洗濯日和　16
作曲　18
たからもの　20
無題　22
片思い　23
バラの世界　24
ちか道　26
軟らかい者　28

頬をつたう夢　29
笑顔　30
ああかみさま　31
地球に話しかける方法　32
選ばれしあなたへ　34
自由を求めて　37
地球について　38
休む勇気　40
結び　41
言葉　42
ねむれない夜　44
はいチーズ　45
小さい私　46
めざすもの　48
未来　50

ただのひとり言　52
信じるもの　54
天才とは　55
お金のうた　56
運命の赤い幸運　58
貫くように　60
ダイヤモンド　62
足跡　63
類は友を呼ぶ　64
いたずらな少女　65
甘い主張　68
風に乗る　70
ため息　72
眩耀《げんよう》　74
この星　76

さんぽ　78
嫉妬　80
天使の笑顔　82
天の声　84
ふとんの中で　85
幸せの環《わ》～ひとさしゆびを空高く～　88
肩車　90
信愛　92
無題　93
花　94
なかよしこよし　96
いつでもどこでもなんどでも　97
世界　98
人種　～チューリップ調～　99
赤裸裸全裸　100

成長　102
夢じゃない　103
きらら　106
あの子　108
僕と肉体　110
赤い日記　113
ありがとう　114
Ⅰ　花火　114
Ⅱ　雀　116
Ⅲ　日のひかり　118
Ⅳ　あなた　120

# 真っ赤な心

# ひとりごと

きれいな心にならなくちゃ
つよい心にならなくちゃ
かしこい心にならなくちゃ

太陽系を突き抜けるのは
心だけだ。

# 愛の詩《うた》

空が空色　輝く時に、
宇宙にこぼれたひと雫。
あふれるほどの喜びを抱き、
静かなる祈りをつたい、
意識の庭に落ちてくる。

ゆるみない庭面《にわも》が受ける、
小さな小さな愛の口づけ。
そのやわらかさ　あたたかさ
とてもとてもなつかしく、

無表情な土は喜びに濡れ、
ふりまく期待に花が咲き、
天使の香りが産声をあげる――。

ありのままに輝く時に、
心にこぼれたひと雫。
ただ一つの願いが叶った、
神さまのうれし涙。

# 誘い

海があり、
風があり、
潮風がある。

潮風があるから、
海へと誘われる。

愛があり、
行いがあり、

思いやりがある。

さそっておくれよ
さそっておくれ、
その思いやりで、
愛の海へと。

# 洗濯日和

せんたく物はきれいです。
キラキラとゆれてます。
空に見られ、
風に読まれ、
キラキラとゆれてます。

上手にせんたくできたかな?
涙のしみは落ちたかな?
ふるえのあとは落ちたかな?

心配だけど、
はずかしいけど、
手紙を出しに行きたくなるような
お天気の日、大好きです！

## 作曲

悪口言われても
　　落ち込んじゃだめ
靴を隠されても
　　困っちゃだめ
雨に濡れても
　　空をにらんじゃだめ
感情は

与えられるものじゃない
自分で鳴らすもの
自分自身が作曲者

みんなが輪になり
歌えるように
明るい曲を
明日へと続く曲を
つくっていこう

# たからもの

あなたにいただいた命の灯《ともしび》、
暗闇の中、小さな石ころ照らし出す。
いくどとなくつまずき転んだその小石、
ああ、なんとかわいいことだろう。

あなたにいただいた命の灯、
太陽の下、小さな幸せ照らし出す。
いくどとなくけり飛ばしたその小石、
ああ、なんと大きいことだろう。

拾っては磨《みが》き、
拾っては磨き、
今では、光り輝く宝石たち、
ほんとの姿にうれしそう。

思っては磨き、
思っては磨き、
いつかあなたに会えた時、
お礼にこれを差し上げようと。

## 無題

まっ青な空
まっ赤な心
ほかにはなにが
いりますか？

# 片思い

心を開けば恵みに会える。
扉を開けば未来に会える。
本を開けば音譜に会える。
道を開けば好機に会える。
国を開けば文化に会える。
口を開けば笑いに会える。
目を閉じればあなたに会える。
目を開けてもあなたはいない。

# バラの世界

一枚の絵だと思っていた。
ながめてばかりいた。
近づくと香りがした。
よく見ると揺れていた。
絵じゃなかった。
世界だった。
世界だった。
触れてみると、
指先を切った。
赤い血だった。

赤い血だった。
うれしくて、
うれしくて、
僕はうたう。

咲け
咲け
真っ赤な血
揺れて
揺れて
僕も仲間だ
赤いバラ

# ちか道

憧れめざしてゆくときは
　幸せもとめてゆくときは
走り出しちゃいけないよ
　ころんだら痛いからね
まわり道しちゃいけないよ
　迷子になっちまうからね

憧れめざしてゆくときは
　幸せもとめてゆくときは
口笛吹いて歩くんだ
　子犬を呼ぶようにね

憧れだって
　幸せだって
君に会いたがっているんだよ
　君に呼んでほしいんだよ

ほら　かけてくるでしょ
楽しい足音がさ
ほら　聞こえてくるでしょ
キセキの息づかいがさ
君のちっちゃな胸からさ

# 軟らかい者

軟らかい者は
殼の中

私を呼ぶ声聞こえます
時折悲鳴のようにも聞こえます

優しく温めてくれるなら
この殼は割れるでしょう

ああそれよりも
楽しい歌が聞こえてきたならば
自ら殼を割りましょう

# 頬をつたう夢

僕は見た、

昼間の公園は暖かく、
母が子を抱くように、
人々の笑顔を抱いていた。
あるべき姿だと思った。

僕は決めた、

もう、真夜中にひとり、
夢をこぼしに行くのはやめようと。

# 笑顔

わすれた人に教えられるのは、
知っている人だけです。

さあ、
もっともっと笑いましょう、
笑顔を教えてあげるのです、

いじわるをする仲間達に、
争いを繰り返す仲間達に、
そして、
転んで泣いている自分に。

# ああかみさま

ああ　かみさま
せかいにいろをぬるのは
たいへんだったでしょう
あおいそら　いいとおもいます
みどりのはっぱ　いいとおもいます
それよりも
なによりも
くちびるをあかくしたのは
だいせいかいです
ああ　かみさま
やっぱりあなたって
すてき！

# 地球に話しかける方法

地べたに咲く花の
花びらの中に、
優しく花しかけてみて。

君の声は、根っこを伝わり、
きっと地球に届くはず。

私も昨夜、
お願い事をしましたよ。

「地球さん地球さん、
もう少しゆっくりまわってくれませんか。
悲しみが星に見とれているんです」

# 選ばれしあなたへ

ごきげんよう。
私は、不安や悩み、そういったものです。
そう、あなたを困らせている、それです。
こわがらずに、私の話を聞いてください。

♡

私はうれしくてたまりません。
あなたに会えたんです。
他もあたってみましたが、
みなさん弱っちくてダメ、
強い人じゃないとイヤなんです。
そしてあなたを見つけ、
私は確信しました、

「この人なら私にキスしてくれる!」

♡

こんな自分勝手な私、
かわいらしいでしょ?
こわくないでしょ?

♡

さあ、もう大丈夫。
私はふみ台になりますよ。
私をふみつけ、上へとのぼってください。
あなたにはまだ上があるのです。
私を見ずに、上だけを見てください。
私に遠慮はいりませんよ。
あなたの力強い一歩が、
私には最高のキスなんです。

♡

あなたは話を聞いてくれました。
私と向かい合ってくれました。
さあ、そろそろお別れです。
最後に、
あなたは選ばれた人だということ、
不安や悩みは、壁ではなく
ふみ台だということ、
私のことは忘れても、これだけは
忘れないでくださいね。

それじゃあ
バイバイ

# 自由を求めて

甘ずっぱい人よ♡

手のひらサイズの私の人生、
どうぞ受けとってください。

あなたの手のひらの上でこそ、
わたしは自由になれるのです。

# 地球について

「地球は首をかしげてる」

わかるよ
考えることがあるんでしょ。

「地球の重力は強い」

わかるよ
僕等のことが好きなんでしょ。

「地球はまわる」

……………………?

……………………?

…………………？

……………？

………？

ん!?

二三・四度かしげた耳に、
蟻の歌声が聞こえてきた。

♫
一心なからだは黒く燃え
明日をにらみ爪を立てる
気高くよ
気高くよ
歩いて地球をまわすのよ
♫

# 休む勇気

暗い道を前に
弱さをみせろ
深い底を前に
弱さをみせろ
暗闇は休めと言っているのよ
空が目をつぶるようにね

# 結び

キミのなにげない微笑みに、
全宇宙はあたたまる。

キミのキラリと光るその汗に、
全宇宙は酔いしれる。

ボクらはみんなつながっている。
無数の星たちとも
すべてつながっている。

だからこそ気をつけて！
ナイショな事もバレちゃうよ。

# 言葉

あー腹が立つ
なぜ国によって話す言葉が違うんだ
言葉ってすばらしく強いものなのに
世界を変える力があるのに
光り輝く結晶なのに
音楽だって　絵だって　笑顔だって
みんな通じ合うのに……

あーヤメたヤメた
腹を立ててもしょうがない
喜べばいいいんだ

喜べばいいんだ
学ぶ力があることを
そうでしょ
パレアナさん

# ねむれない夜

きえていく
きえていく
明日へと向かい
落ちていく
みんなは高くのぼれたんだね

ふえていく
ふえていく
見上げた夜空に
ふえていく
ボクは五反田一の羊飼い

## はいチーズ

青い海もいいけれど
緑の丘もいいけれど
優しい花もいいけれど
都会の夜景もいいけれど

でもやっぱり
人には土が、よく似合う！

# 小さい私

心にかかった雲、
走っても、走っても、
振り払えなかった。
なのに、
なのに、
それなのに、
蝶の羽に扇《あお》がれて、
私の心は晴れ渡る。
（どうしてそんなに黄色いの）

まいった、
まいった、
小さな私。

かたく着飾った心さえも、
雨に脱がされていく……

# めざすもの

めざすは日本一？
　そんな小さいこと言うなよ。
めざすは世界一？
　まだまだ小さいなあ。
なに？　宇宙一をめざす？
ダメダメ
どうせ目指すなら
もっと上を目指しなさいよ。

僕が目指すのはただ一つ
あなたヶ丘の
てっぺんです。

# 未来

花として生まれ
蜜蜂として飛び出した

求めるものは
きれいな花の甘い蜜

思い出すように
懐かしむように

正しき道には
あの日の香り

見つめるように
ふるえるように

気づいた夢は
叶う夢

気づいた愛は
永遠に

花として生まれ
蜜蜂として飛び出した

僕は未来を
知っている

# ただのひとり言

地球は太陽のように
自ら輝くことはできない……

うそだ！
そんなことは認めない。
地球も太陽のように、
まぶしく燃えているんだ。

そして
宇宙のどこかに、

地球を太陽と思い　暮らしている、
そんな星があるはずだ。

その星のためにも、
恥ずかしいことはできないな。

# 信じるもの

信じるものは何でもいい

真っ赤な朝日でも
恋人のキスでも
自分自身でも

なぜならば
神さまはどこにでもいるからさ

真っ赤な朝日の中にも
恋人のキスの中にも
君自身の中にも

# 天才とは

天才とは、
心の純粋な人、
授かった才能に逆らわない人。

なかでも、
無意識に繰り返される呼吸に、
気付き、活かし、伸ばす人、
こいつはかなり天才です。

# お金のうた

ラララララ
お札でできたサングラス
どうだい　見えるかい
心まで

ラララララ
ジャリ銭溶かした短いナイフ
どうだい　とどくかい
心まで

まいったなあ
お金の使い方しらないの？
おかねはさあ　相手にさあ
くちづけするように使うんだよ

ほらみてみなよ
英世さんも　一葉さんも　諭吉さんも
キューピッドのように笑ってるよ
ラララ　ラララ
ラララララ　ピ

## 運命の赤い幸運

あなたのことを思うと
幸せな気持ちになる。

幸せな気持ちになると
いい事が次々に起きる。

――やっぱりなあ
――ほらみえる

あなたのことを思う時
幸運たちはやって来る

頬を赤らめ　いそいそと
あなたの小指からやって来る。

あなたは運命のひと
この恋は叶う恋
頬を赤らめ　うるうると
僕はそう　信じてる。

# 貫くように

燃えて　燃えて
燃えつづけよ

咲いて　咲いて
咲きつづけよ

決して燃え尽きることはない
決してしおれることはない
僕らの力に限りはない

燃えよ　燃えよ
咲けよ　咲けよ

肉体がはがれ落ちるまで
宇宙《そら》に咲く星になるまで

# ダイヤモンド

それにしても
君はひとりじゃない。
膝が震えるほどたくさんの
ご先祖さんの血が、
君の体の中で、
がんばれがんばれと、
君の名前を磨いてる。
ただひとつ、
君の名を。

# 足跡

涙をためては
空を飛べません。
重たくて。

どうぞ流して
ください。
あたたかい涙を。

あらゆる場所に
残してください。
あなたの光る足跡を。

# 類は友を呼ぶ

ちょいと、
そこのしょんぼりお嬢さん、
もっと胸を張りましょうよ！
僕らはね、類が友を呼ぶように、
一つの星に集まったんですよ。
そして、この星には、
赤ん坊の笑顔もあるし、
素敵な花も咲いてくる。
それに、
あなたの好きな人もいるんでしょ？
もっと自信もっていいんじゃない？

# いたずらな少女

夜空を気にしながら
少女は大きな声で
ひとりごとを言っています。

「――そうよ！
武器なんかいらないわ！
武器のない国が攻められるような、
そんな世の中なら、
わたしのほうからごめんだわ！」

（チラッ　チラッ
夜空を　チラッ）

「――ああ！
だれかのために尽くし、
自分が不幸になるような、
そんな世の中なら、
わたし、生きていたくないわ！」

（チラッ　チラッ
夜空を　チラッ）

そして少女は、
夜空の隅々に聞こえるように、
つよく、つよく、思うのです。

聞いてますか、
聞いてますか、
どこかの誰かさん、
聞いてますか、
これはちょいとした
おどかしですよ。
ルンルン！

# 甘い主張

我々は
強くもなく、
弱くもなく、
好きもなく、
嫌いもなく、
男でもなく、
女でもなく、
人間でもない。

我々は

青い果実の
　蜜なんだ。
ただの甘い
　蜜なんだ。
静かに実れ
　我が星よ。

# 風に乗る

はるか上空　誉れ高き風、
あなたは百合の香りを落としました。
私はあなたのはるか下、
まだまだ届きません。
しかし、そのつよい香りは、
私の揺れる指針を位置付けてくれました。

さあ　これからです。
与えられるものすべてを受け入れ、
すべてにありがとうを言い、
すべてに胸を躍らせて、

私の乗る風は速さを増していきます。
もっともっと速く！
もっともっと高く！
そう、
あなたに追いつくために、
そして、
飛び移るために！

# ため息

ため息をついたら
胸の苦しさがとれました。
少しだけ。

そして気が付きました。
息を吸ってばかりいたことに。

みんなの幸せ祈ったら
胸の苦しさがとれました。
少しだけ。

そして気が付きました。
お願いごとは自分のことばかり。

原因不明の苦しさは、
吐くことを忘れていたためでした。
ため息は僕を急《せ》かします。

もっともっと
誰かのために……

## 眩耀

いつの日からか、
視点を追いかける黒い糸クズ。
飛蚊症と言うらしい。
乱雑な色の中では気にならない。
白い壁を見ると悪意を込めて現れる。
さらにひどいのは空を見た時だ。
明るさを求めようとした心も、
誓いを立てようとした心も、
鳥達に誘われた心も、
すべて打ち砕かれてしまう……。

だがしかし、
こいつを消すのは簡単だ。
目を黒く塗り潰してしまえばいい……。

いんや
コノヤロウ、
目が潰れるほどの眩《まぶ》しさで
消してやる！

# この星

見て、空が青いよ。
しっかりした舟を作らなきゃ。
それはぼくらの心だよ。
吠える波に、いたずらな波しぶきに、
きずついている暇はないよ。

さあさあ、
空が青いうちに
探しに行かなくちゃ、
あの日こぼれた人魚の涙を、
この大きな青い海に。

時間はかかるかもしれないけれど、
この星じゃなきゃだめなんだ、
この星でまちがいないんだ。
ぼくたちの力で
この青さに意味を持たせなきゃ。

——この星をあきらめた魂よ
もう一度

# さんぽ

さんぽしながら考えようと
歩きだしたはいいけれど、
あったか日差しがたのしくて
それどころじゃない。
そして家に帰り
また考える。
同じことを考える。

ああ、
あなたの家まで

歩いて行けたなら、
つまらぬ考え消えるはず。
あなたのおうちはどこですか？

# 嫉妬

うらやましいから
きれいだから

さがす
さがす
あらさがし

みつけた
みつけた
わが怠惰

アーア
またやっちゃったっ

# 天使の笑顔

もしも人目を気にせずに、
スキップ！　スキップ！
できたなら、

天使は僕に、　一目惚れ！

もしも人目を気にせずに、
花や草木に話しかけ、
熱いくちづけできたなら、

天使は僕に、　頬ずりだ！

ああ、でも僕は、
人目を気にしてばかりいる。
どうしよう、どうしよう、
あの子の笑顔は天使の笑顔、
天使を好きになっちゃった。

# 天の声

宝箱に鍵はなし！
あるのは
自分の内側に掛けた鍵のみ

――その鍵？
まあ探せばあるんじゃない

でもさぁ
扉の先を透かして見つめられるなら
かんたんに蹴りやぶれるぞい！

# ふとんの中で

…………………………
……ねむれない…………
…………………………
……とけいがときを……
……たべている…………
……おいしそうに………
……カチッ……カチッ……
…………………………
……きにくわない………
…………………………
……ああ………………

…あなたのねいきで…
…ときをかんじ………
…られたなら………
…………
…………
……う～ん……
……だんだん……
……ねむく……
……なってきた……
…………
……そうぞうりょく…
……ばんざい……
…………
………zzzzz
zzzzzzzzzz

zzzzz♡♡♡♡♡
♡♡♡♡♡♡♡♡♡♡
♡♡♡♡♡♡♡♡♡♡
♡♡♡♡ゆめ♡♡♡♡
♡♡♡♡♡♡♡♡♡♡
♡♡♡♡♡♡♡♡♡♡

# 幸せの環
## ～ひとさしゆびを空高く～

―蜂がめしべに
くちすいしています―

賛成です！

―花が風に
ゆらゆら揺れています―

賛成です！

―風が香りを
　拾っては運び拾っては運び―

賛成です！

そうしたら、
蜂さん、花さん、風さんが、
ありがとうのしるしに、
桃色のゆび環《わ》をくれました。
わたしのゆびに似合いますか？

似合います！

# 肩車

忘れたい自分ほど
　　忘れられなくて
捨てたい過去ほど
　　捨てられなくて

きっと
忘れられたくないんだな
捨てられたくないんだな
それならば連れていこう。
肩車をして連れていこう。
見せてあげるんだ、

同じ朝日を、同じ夢を、
僕より先に、僕より高い所で。
僕は歩けるようになったんだ、
歌だってうたっちゃうんだよ。

♫

泣き虫さんを肩車
急ぐことなどなにもない
あやす調子で歩いてく

泣き虫さんを肩車
涙に濡れた小さな手が
欲しい欲しいする
その日まで

♫

# 信愛

魚だって頭から食べられたら
気持ちがいいでしょう。

相手の瞳の奥、舌の下、掌《てのひら》の中、
探ったりしてはいけません。
食べる方《ほう》も、食べられる方も、
頭からが気持ちがいいのです。

## 無題

あいしてる
ありがとう
ほかにはなにが
いえますか？

# 花

あの人にとっての僕
この人にとっての僕
あの鳥にとっての僕
この花にとっての僕
あなたにとっての僕
命の数だけの僕がいる
あなたは僕をどこへと
連れて行ってくれますか?
僕は恐がりです
狭い所はきらいです
寒い所はきらいです

離れ離れはきらいです
どうぞお願いです
広いほうへとゆきましょう
暖かいほうへとゆきましょう
広い海をめざす川のように
暖かさをめざす夏鳥のように
僕らは一つの場所で逢えるでしょう
みんなはみんなに逢えるでしょう
そして心から思えるでしょう

世界は一つの花❀

# なかよしこよし

地球は見せる　青空を。
走れ　叫べ　歌えよと。
地球は与える　星空を。
止まれ　癒せ　味わえと。
夜はみんなで眠りましょ。
手を引かれるように眠りましょ。

# いつでもどこでもなんどでも

いつでもどこでもなんどでも、
自分勝手に転ぶたび
くつ紐を結ぼうと屈むたび
出合う小さな草花は、
白い微笑み上に向け、
僕に、こう言ってくれるのです。

「まあまあ、
さあさあ、
み――んみん！」

（＊日本語訳―
よーいドン！）

# 世界

抱かれているんじゃない
抱いているんだ

さあ　じっくり相談
しよう

この世界を何色に
染めたいの？

（ぼくはあの子の
くちびる色に
染めたいな）

# 人種 ～チューリップ調～

みんなちがうな
　お肌の色が
なでられゆれた
　はだかの肌が
ほらほらほら
　ハハハハハ
どの肌みても
　まぶしいや！

# 赤裸裸全裸

人にはそれぞれ「思い」があるわけで
そいつが歩くから地球が回るわけで
いわゆる玉乗りをしているわけで
地球は反対には回らないわけで
それはみんなが同じ方向に歩いてるわけで
メリーゴーラウンドは誰もが先頭なわけで
子供は小さく走るわけで
大人は大きく歩くわけで
遅れるものは誰もいないわけで
手を伸ばせば誰かと手をつなげるわけで
神様とも手がつなげるわけで

導かれるように歩いて行けばいいわけで
すべてがうまく出来てるわけで
なにもリキむことはないわけで
ぼくは肩がコリやすいというわけで
肩がコッては手を伸ばせないわけで

一所懸命？　むずかしくて読めません。

# 成長

子供の息づかいは
神への祈り

ゆえに
子供は成長がはやい

嘆くな大人
心に愛があるならば

# 夢じゃない

ちいさなおばあさん
大荷物かかえ
力づよく歩いてた

ほっぺたつねって
笑顔で
ウン！　ウン！

背広姿のおじいさん
裾からのぞく靴下は
とてもきれいなピンク色

ほっぺたつねって
笑顔で
ウン！　ウン！

ベンチにすわり
ボケてるわたし
のら犬が近寄ってきてくれた

ほっぺたつねって
笑顔で
ウン！　ウン！

アラ!?　アラ!?
アラララ!?

鏡にうつる怪人はダレ!?
ほっぺたつねって
鼻息
フン!　フン!

# きらら

つややかな夜の胸元で
とどかぬ星に涙する、
そんな私はもういない。
瞼《まぶた》をおろせば見えてくる、
きれいな星座はあなたの笑顔。
心を澄ませば聞こえてくる、
永久《とわ》の光の呼吸《いき》づかい。
さあさあ　安心安心　こわくない。
不安はすべて書き出した、
喜びは明日へと捧げた。
裸の心でねむろうか、

赤子の瞳でねむろうか。
見えるか　綺羅星
　　お前の友は
　　　　ここにいる。
さあ落ちてこい
　　この小さな胸へと
　　　　落ちてこい！
そしてこの熱に赤くふるえ
隠れた知恵よ　顔を出せ！

# あの子

あの子の肌のように白いんだ。
あの子の瞳のように眩《まぶ》しいんだ。
あの子のふくらはぎのようにしなやかで、
あの子の腕のようにまっすぐなんだ。
綱渡りだって得意なんだ。
馬鹿にされてもいい。
理解されなくてもいい。
無視されてもかまわない。
あの子だけはわかってくれるはず……。

しろく
まぶしく

うつくしく
のびろよ
俺の
ゆびさす道よ
あの子をつくるもの
あの子がつくるもの
そのように
そのように
あの子の揺れる黒髪に呼吸をあわせ
どこまでも
　　　どこまでも
……………
　　　……………

# 僕と肉体

肉体の意味がわからない

折られる木々
きしむ鳴き声
引きずられるように僕の手足も折れ
僕はもう　歩けなくなったはずなのに……

解けてゆく氷
涙する北極熊
その涙が僕の肺へと流れ込み

僕はもう　死んでしまったはずなのに……

広がる砂漠
やけた砂
僕の心臓もパラパラと散らばり
熱風の中をさまよっていたはずなのに……

なぜだろう
自然はあんなに痛いのに
ぼくはこんなに痛いのに
ぼくの肉体には傷ひとつついていない……

…もしかして

…ぼくに何かしてほしいのか

……ぼくの助けが必要なのか

…………………

とてもかしこいぼく
ぽっちり　ぽっちり　わかってく……

# 赤い日記

一日の終わりに
日記をめくるように
私の耳をめくって下さい。
私の耳は日記です。
可愛いあなたの日記です。
表紙の赤い日記です。

# ありがとう

## Ⅰ　花火

ぼくは　書くことの恐さによろめき
かすかな自信をなんとかささえようと
明るい空に目をやり　たえていました
ただひたすらに……

すると　なにか肩にふれるものがある
おどろきふりかえると　暗い部屋
空はちゃっかり夜なのでした

あきれるほどの時の速さにせがまれ
よわよわしく　夜の空にうなずくと
突然に　静かに
ひとつの花火が打ち上がったのです
まっていてくれたかのようにです
ただただ　うれしくて……

今でも心の中をのぞけば
はっきりと見ることができます
それは　ぼくの小さな決心の上に
とても大きくて　とてもきれいな
花マルをつけてくれました

ありがとう

## Ⅱ　雀

書いてみて気付く
なんというぎこちなさ
窓から入る秋風も役に立たない、
すべてがひきつった夕暮れでした
一羽の雀がベランダの手すりに降りてきて
胸いっぱいに歌ってくれました
こうするんだよ　こうするんだよ　と
ぼくの目を見つめながら……

そしてすべてが
ほどけて流れてゆきました……

ぼくもいつの日か
あの雀のように
ふっくらとあたたかい胸で
この大空をとびたいな

ありがとう

## Ⅲ　日のひかり

さあ　書いてはみたものの
誰も読んでくれる人がなく
ノートをほうりなげねころんだ、
ふてくされた午後のこと

なげやりな昼寝から目を覚ましたぼくは
見つけてしまいました
この部屋に　細くて静かな日の光が
差し込んでいたのです
そしてそのまなざしは
ぼくのほうりなげたノートへと

そそがれていました
読んでいてくれたのです
そっと　やさしく
見守るように……

それは——涙しながらも
とてもとくいな午後でした

ありがとう

# Ⅳ あなた

ぼくは　とても安心した気持ちで
導かれるように書いてきました。
そして今
とてもあたたかい場所に立っています。
これを読んでいるそこのあなた、
あなたに会えて　本当にうれしいです。
あなたがあの日の
花火《はなび》であり、雀《とり》であり、
日のひかりだったのでしょう。
本当に、

ありがとう

著者プロフィール
田沼 貴裕（たぬま たかひろ）
誕生日：10月5日
血液型：A型
趣　味：さんぽ

# 真っ赤な心

2008年2月15日　初版第1刷発行

著　者　田沼 貴裕
発行者　瓜谷 綱延
発行所　株式会社文芸社
〒160-0022　東京都新宿区新宿1－10－1
電話　03-5369-3060（編集）
03-5369-2299（販売）

印刷所　株式会社フクイン


ISBN978-4-286-04130-8